7 MAI 1868

62. V

COLLECTION

AUVRAY (d'Olivet)

TABLEAUX ANCIENS

ET

OBJETS D'ART

RENOU ET MAULDE

IMPRIMEURS DE LA COMPAGNIE DES COMMISSAIRES-PRISEURS

Rue de Rivoli, 144.

CATALOGUE

DES

TABLEAUX ANCIENS

ET

OBJETS D'ART

COMPOSANT

La Collection de M. AUVRAY, d'Olivet

DONT LA VENTE AUX ENCHÈRES PUBLIQUES AURA LIEU

HOTEL DROUOT, SALLE N° 3

Le Jeudi 7 Mai 1868

A DEUX HEURES

Par le ministère de **Me Eugène ESCRIBE**, Commissaire-Priseur,
rue Saint-Honoré, 217,

Assisté de M. **AUVRAY**, quai de l'École, 30,

Chez lesquels se distribue le présent Catalogue.

EXPOSITION PUBLIQUE

Le Mercredi 6 Mai 1868, de une heure à cinq heures.

PARIS — 1868

CONDITIONS DE LA VENTE

Elle sera faite au comptant.

Les Acquéreurs paieront CINQ POUR CENT en sus du prix d'adjudication.

La Collection de Tableaux et Objets d'art dont nous offrons aujourd'hui le Catalogue aux Amateurs, mérite à tous égards d'être visitée ; formée en grande partie dans l'Orléanais, publiée par le Monde Illustré et par plusieurs autres publications artistiques, elle renferme des pièces très-intéressantes, soit en Tableaux, soit en Objets d'art. Sans avoir à en faire une description autre que celle énoncée au Catalogue, nous devons citer ici, pourtant, trois Tableaux de Rubens ; deux Rembrandt, un grand et beau portrait de Clouet ; cinq Tableaux de Greuze, dont le portrait en pied de Mme Élisabeth, sœur du roi Louis XVI ; six Tableaux ou Esquisses de Prud'hon, neuf de Fragonard, et quatre de Boucher.

En Objets d'art, le Coffre à hardes de Diane de Poitiers, provenant de sa maison d'Orléans ;

Le fameux Coffret en cuir (moyen âge) à l'écu royal de Charles VII ;

Un précieux Émail de Nardon Penicaud ;

Un beau et grand Christ en ivoire, de Bouchardon.

Nous espérons donc que messieurs les Amateurs, après avoir parcouru notre Catalogue, voudront bien visiter notre Exposition, qui les mettra à même d'estimer chaque œuvre à sa propre valeur.

AUVRAY.

DÉSIGNATION

TABLEAUX

ÉCOLE FRANÇAISE

BOUCHER (François)

1 — Portrait de Dame en costume de cour, à mi-corps.

Elle est coiffée et poudrée; des fleurs ornent sa chevelure, dont une boucle retombe en avant; elle est vêtue d'une robe de satin blanc dont les manches et le haut sont garnis de dentelles; une rose est placée sur poitrine; une draperie bleue en forme d'écharpe embrasse élégamment sa taille.

Joli tableau dans une gamme claire et transparente.

Il provient du château d'Auvilliers, situé à Artenay (Loiret), que possédait alors Mme la marquise de Pompadour.

Sur toile. — H. 84 c. L. 65 c.

BOUCHER (François)

2 — Intérieur de ferme.

Dans un fournil, une femme lave des légumes à une fontaine placée sur une sellette; au premier plan et près d'un four, un vieillard charge une brouette; deux enfants jouent près de lui; au milieu de la pièce, un tas de légumes de diverses natures pêle-mêle avec des poteries et ustensiles de ménage.

Ce charmant et piquant tableau est d'une facile et franche exécution.

Il est signé sur une ardoise (F. Boucher).

H. 46 c. L. 74 c.

BOUCHER (François)

3 — Intérieur de ferme.

Pendant du précédent.

H. 46 c. L. 74 c.

BOUCHER (François)

4 — Psyché et les Amours.

Psyché assise; un Amour lui présente un miroir, derrière lequel un autre Amour, armé de son arc et de son carquois, semble s'endormir.

Tableau de la manière décorative du maître, d'une charmante couleur.

Sur toile. — H. 75 c. L. 98 c.

CLOUET (François), dit JANNET

5 — Portrait de Magdeleine de l'aubespine.

Ce portrait de la femme du garde des sceaux du roi Henri II est d'une rare beauté; dans le haut du tableau est écrit : Magdeleine de l'Avbespnie, dame de Villeroy.

Sur toile. — H. 61 c. L. 46 c.

CLOUET (Jean), dit JANNET

6 — Un Soldat, en costume de l'époque de Henri II, tient d'une main un jeu de cartes et de l'autre une bourse. Un vieillard semble vouloir la lui reprendre.

Cette intéressante peinture de Jean Jannet est signée dans une légende flamande :

IAN. IAN. PEIST. OM. DEN. OVLDEN. MAN.

Sur bois. — H. 75 c. L. 62 c.

CLOUET (École de)

7 — Portrait de Femme.

Jeune femme en costume de l'époque de Charles IX; vue à mi-corps.

Sur bois. — H. 12 c. L. 10 c.

CLOUET (École de)

8 — Portrait de Femme.

Jeune femme en costume de l'époque de Charles IX; vue à mi-corps.

Sur bois. — H. 12 c. L. 10 c.

CHALLE (Charles)

9 — L'Oiseau privé.

Une jeune femme mise avec élégance tient un oiseau sur son doigt et le porte vers sa bouche.

Sur toile. — H. 58 c. L. 48 c.

CHARDIN (Jean-Baptiste-Siméon)

10 — Un Dessert.

Sur une table sont posés des pêches, des raisins, un pain, une carafe à anse, une bouteille et un pot de confitures.

Sur toile. — H. 41 c. L. 51 c.

FRAGONARD (Jean-Honoré)

11 — Tête de jeune Fille.

Belle étude du maître d'une jolie couleur.

Sur toile. — H. 40 c. L. 31 c.

FRAGONARD (Jean-Honoré)

12 — Un Sacrifice.

Une reine fait le sacrifice de ses bijoux.

Esquisse sur bois. — H. 21 c L. 16 c.

FRAGONARD (Jean-Honoré)

13 — Paysage (effet d'automne).

A droite s'élèvent deux grands arbres qui laissent voir par-derrière un cours d'eau; un homme assis pêche à la ligne; à droite, un grand chemin que suit un villageois chargé d'un fardeau.

H. 31 c. L. 23 c.

FRAGONARD (Jean-Honoré)

14 — Paysage (effet de printemps).

A droite s'élève une roche au sommet de laquelle est une maison rustique; à gauche, un vieil arbre mort est encore debout, au bas d'un rocher. Dans le fond, on aperçoit le clocher d'un village.

Un paysan conduisant des bœufs et des moutons semble suivre le grand chemin qui est au milieu du tableau.

Sur bois. — H. 26 c. L. 38 c.

FRAGONARD (Jean-Honoré)

15 — Buveurs orientaux.

Sur toile. — H. 29. L. 21 c.

FRAGONARD (Jean-Honoré)

16 — Portrait de Sophie Arnoult, de la Comédie-Française.

L'actrice, probablement dans l'un de ses rôles, est au milieu d'un temple. Elle semble faire un serment devant l'autel de l'Amitié.

Ce tableau, fin et clair, dans une gamme un peu grise, est d'une belle pâte.

Sur toile. — H. c. L. c.

FRAGONARD (JEAN-HONORÉ)

17 — Départ de chasse.

Ce tableau, dont les personnages sont une réminiscence de ceux de Wouwermans, est spirituellement exécuté.

Il est signé du nom abrégé de l'artiste (Frago).

Sur toile. — H. 48 c. L. 60 c.

FRAGONARD (JEAN-HONORÉ)

18 — Sylvie délivrée par Aminte.

Ce sujet est tiré d'un poëme pastoral italien, intitulé : *l'Aminta*, par *Torquato Tasso*.

Sur toile. — H. 80 c. L. 1 m. 08 c.

FRAGONARD (JEAN-HONORÉ)

19 — Enlèvement d'Iphigénie.

Iphigénie, couronnée de fleurs, adossée à la biche que Diane retient par une guirlande, est enlevée au moment du sacrifice. La déesse la soutient légèrement par un bras.

Le sacrificateur et toute l'assistance sont frappés de stupeur à la vue de cette scène inattendue.

Ce tableau est d'une couleur charmante et d'une grande finesse d'exécution.

Sur toile. — H. 1 m. 30 c. L. 96 c.

FRAGONARD (JEAN-HONORÉ)

20 — Paysage animé.

Un jeune berger et une jeune bergère assis sur un tertre de verdure se tiennent embrassés.

Tableau d'une jolie couleur.

H. 35 c. L. 45 c.

GREUZE (Jean-Baptiste)

21 — Portrait en pied de Mme Élisabeth de France, sœur du roi Louis XVI.

Ce tableau est d'une pâte transparente et d'une exécution dont le faire caractérise en tout point le maître.

H. 51 c. L. 41 c.

GREUZE (Jean-Baptiste)

22 — La Gimblette.

Un jeune garçon, nonchalamment assis, agace un chien avec de petits gâteaux nommés gimblettes; sa main gauche est levée, l'autre s'appuie sur le chien.

H. du Diam. 74 c.

GREUZE (Jean-Baptiste)

23 — Tête d'expression.

Un enfant, la tête appuyée sur une pierre, exprime par son regard un grand état de souffrance.

H. 36 c. L. 44 c.

GREUZE (Jean-Baptiste)

24 — Portrait d'Homme : un Vieillard à cheveux blancs.

Ce portrait, par sa couleur violacée, bien que plus largement fait, rappelle dans quelques parties celui de Jeaurat.

Grand diam. H. 36 c. Petit diam. L. 29 c.

GREUZE (Jean-Baptiste)

25 — Le Joueur de flageolet.

Il rappelle, par le faire, le tableau de l'Oiseau mort.

Il est de forme ovale et peint sur toile.

Grand diam. H. 44 c. Petit diam. L. 36 c.

GREUZE (JEAN-BAPTISTE)

26 — La petite Fille au capucin.

Une petite fille, assise et accoudée sur une table, tient, en guise de poupée; un petit capucin, elle est vue jusqu'aux genoux.

H. 23 c. L. 18 c.

LÉPICIER

27 — L'Éducation maternelle.

Ce tableau, imité de Greuze, ornait autrefois le salon du château de la Source du Loiret.

Sur toile. — H. 64 c. L. 95 c.

PRUD'HON (PIERRE-PAUL)

28 — Guerrier vaincu.

Étude d'un grand style.

Peint sur toile.

H. 45 c. L. 42 c.

PRUD'HON (PIERRE-PAUL)

29 — Portrait de Femme.

Excellente peinture du maître.

H. 55 c. L. 45 c.

PRUD'HON (PIERRE-PAUL)

30 — Étude de Femme dans un paysage.

Étude largement exécutée.

Sur toile. — H. 44 c. L. 37 c.

PRUD'HON (Pierre-Paul)

31 — Quand l'Amour vient. (Grisaille.)

Une femme à demi couchée, le coude appuyé sur un petit meuble et, le menton sur la main, sourit à l'Amour, qui lui apporte sur un plateau des bijoux et un cœur enflammé.

Petit tableau finement exécuté.
Peint sur bois.

H. 14 c. L. 21 c.

PRUD'HON (Pierre-Paul)

32 — Quand l'Amour s'en va. (Grisaille.)

Pendant du précédent.

Peint sur bois et signé du maître.

H. 14 c. L. 21 c.

PRUD'HON (Pierre-Paul)

33 — Zéphyr découvrant l'Amour.

Peint sur toile. — Au milieu se trouve le monogramme du maître.

H. 93 c. L. 1 m. 37 c.

PRUD'HON (Pierre-Paul)

34 — Œdipe et Antigone. (Esquisse.)

Œdipe aveugle est conduit par Antigone; la jeune fille a le regard triste, et son mouvement est fort gracieux.

Peint sur toile.

H. 1 m. 69 c. L. 1 m. 8 c.

PRUD'HON (Attribué à Pierre-Paul)

35 — Étude de Femme.

Cette étude, d'une bonne couleur, ne pourrait être toutefois que de la première époque de Prud'hon.

Sur toile. — H. 20 c. L. 20 c.

PRUD'HON (Pierre-Paul)

36 — Les trois Parques.

Jolie esquisse sur papier.

H. 21 c. L. 53 c.

SUBLEYRAS (Pierre)

37 — La Circoncision. (Esquisse.)

Ce tableau provient du cloître de Saint-Benoist d'Orléans, et est de la même suite que les deux esquisses qui sont au Musée d'Orléans et si justement vantées par M. Clément de Ris, dans son ouvrage sur les Musées de province.

Peint sur toile.

H. 94 c. L. 1 m. 20 c.

WATTEAU (Antoine)

38 — Arabesques.

Chinoiseries très-originales dans le style de celles de Chantilly, provient d'une fabrique de soierie de la ville de Lyon.

Sur toile. — H. c. L. c.

WATTEAU (Antoine)

39 — Arabesques.

Chinoiseries. (Pendant du précédent.)

Sur toile. — H. 73 c. L. 44 c.

WATTEAU (Antoine)

40 — Le Joueur de toupie.

L'on retrouve ce petit garçon dans l'une des gravures de Saint-Aubin (les petits Polissons de Paris.)

Sur toile. — H. 86 c. L. 56 c.

WATTEAU (Attribué à ANTOINE)

41 — Saint Jean prêchant dans le désert.

Saint Jean, monté sur un rocher, prêche au milieu d'une nombreuse assistance.

H. 85 c. L. 1 m. 15 c.

ÉCOLES D'ITALIE

CORRÉGIO (ANTONIO-ALLEGRI)

42 — La Madeleine.

Peinture sur toile.

H. 77 c. L. 65 c.

PRIMATICCIO (FRANCESCO)

43 — Atalante vaincue à la course.

Presque nue, vue à mi-corps, elle se poignarde.

Ce tableau, du plus bel aspect par l'étude consciencieuse de l'anatomie, est d'une grande et belle exécution. La science du dessin est égale à la beauté du coloris.

L'on croit retrouver dans cette œuvre la réminiscence du beau portrait de Diane de Poitiers, qui est au Musée de Cluny.

Sur bois. — H. 70 c. L. 60 c.

VECELLIO (TIZIANO)

44 — Portrait de Femme.

La couleur blonde et presque corrégienne des chairs, la facture du plus grand et du plus beau style, puis enfin la touche large et puissante de cette œuvre caractérisent le maître dans ses moindres détails.

Sur toile. — H. 95 c. L. 71 c.

ÉCOLE ROMAINE XVIe SIÈCLE

45 — L'Adoration des Mages.

Charmant tableau gothique italien.

Il est marouflé sur un panneau où se trouve une Descente de croix en marqueterie.

H. 30 c. L. 34 c.

ÉCOLES FLAMANDE, ALLEMANDE ET HOLLANDAISE

DIÉTÉRICH (CHRISTIAN-WILHEE-ERNEST)

46 — Le Centenier aux pieds du Christ.

Fond de paysage.

L'éclat du coloris de ce tableau et notamment les vêtements du Centenier sont d'une exécution qui fait penser à Rembrandt.

Il est signé Rembrandt, 1633.

Signature évidemment fausse.

Sur bois. — H. 32 c. L. 39 c.

CRAESBEKE (JOOS VAN)

47 — Vieux Buveur hollandais.

Un verre à moitié rempli est devant lui.

Ce tableau, par la touche et la belle couleur, rappelle Rembrandt.

Ovale sur bois.

Grand diam. H. 16 c. Petit diam. L. 14 c.

FRANCK (Gabriel) & VAN DYCK

48 — La Défense de Servilius devant le Sénat.

Le Sénat siége au milieu des ruines du Colisée.

Les sénateurs, vêtus de riches costumes, assis et adossés à une draperie rose, semblent écouter avec attention la défense de Servilius.

Un auditoire nombreux, composé de peuple et de gardes, entoure les sénateurs.

L'on reconnait facilement que la plus grande partie du tableau a été peinte par Gabriel Franck, doyen de l'Académie de Saint-Luc, mais encore est-il facile de reconnaitre le faire de Van Dyck dans les gardes du premier plan, dans l'homme à cheval qui semble descendre une colline, et dans les têtes des principaux sénateurs.

Il porte le monogramme de Gabriel Franck et le nom en entier de Van Dyck.

Ces signatures paraissent être authentiques.

Peint sur bois.

H. 50 c. L. 67 c.

HOBBÉMA (Attribué à)

49 — Paysage.

Sur toile. — H. 28 c. L. 35 c.

MABUSE (Jean de)

50 — La Vierge à la pomme.

La Vierge, vue à mi-corps, présente une pomme à l'Enfant Jésus.

Sur bois. — H. 55 c. L. 42 c.

REMBRANDT (Van Ryn)

51 — La Présentation de la Vierge au temple.

Composition de seize figures; au milieu du temple, la Vierge vient se prosterner pour recevoir l'onction sainte des mains du Grand-Prêtre; elle est entourée de sa famille et de fidèles.

Le Grand-Prêtre, debout, pose sa main gauche au-dessus de la tête de la Vierge et tient de l'autre main le vase sacré.

La magie de la lumière et du clair-obscur de ce tableau est d'une beauté incomparable.

Le Grand-Prêtre a le même type ou plutôt est le même personnage, bien qu'avec un costume différent que l'Ésaü vendant son droit d'aînesse, qui se trouve dans la gravure bien connue du maître.

Sur bois. — H. 47 c. L. 50 c.

REMBRANDT (Van Ryn)

52 — L'Heureux Chasseur.

Sur bois. — H. 43 c. L. 76 c.

RUBENS (Pierre-Paul)

53 — La Vierge, sainte Anne et l'Enfant Jésus.

Charmant tableau, où se présentent les plus belles qualités du maître.

Sur bois. — H. 30 c. L. 23 c.

RUBENS (Pierre-Paul)

54 — Tête de Vieillard.

Sur bois. — H. 37 c. L. 31 c.

RUBENS (Pierre-Paul)

55 — Jugement dernier.

Grande et magnifique composition où le grand artiste, s'inspirant des maîtres italiens, laisse apercevoir dans certaines parties la grandeur du style de Michel-Ange et la grâce du Corrége; l'on y retrouve dans l'ordonnance une grande analogie avec son Jugement dernier qu'il fit plus tard et qui est maintenant à Dresde.

La couleur est en général un peu grise et blafarde, ainsi qu'on le trouve en Italie. Les démons sont traités avec le même faire que ceux qui se trouvent dans le tableau du Louvre (Loth et ses filles).

Sur toile. — H. 1 m. 67 c. L. 1 m. 10 c.

TÉNIERS-DAVID (Le Jeune)

56 — Saint Jérôme.

Le saint, dans sa grotte, un genou à terre, semble prier ou méditer sur les saintes Écritures.

Ce tableau blond et argentin rappelle la Tentation de saint Antoine, du Louvre. Les accessoires et le site sont presque identiques. Le lion est du faire de ceux de Rubens.

Un monogramme est placé sur l'encrier.

H. 51 c. L. 65 c.

DESSINS

ANTONIO ALLEGRI dit IL CORREHIO

57 — Quatre petits Anges tenant suspendue une draperie sur laquelle est écrit : *Humilitat.*

COCHIN

58 — Deux grands dessins historiques.

Dessins à la plume, lavés.

FRAGONARD (Honoré-Jean)

59 — Pan et Styrinx.

Charmante miniature de la plus grande finesse d'exécution.

FRAGONARD (Honoré-Jean)

60 — Un Sacrifice à Pluton.

Composition de sept figures.

FRAGONARD (Honoré-Jean)

61 — Grand Plafond.

Magnifique dessin coloré. (Composition très-capitale.)

FRAGONARD (Honoré-Jean)

62 — L'Assomption.

Cette belle pièce est d'un effet ravissant; Fragonard y révèle ses plus belles qualités.

FRAGONARD (Honoré-Jean)

63 — L'Assomption.

Dessin lavé et teinté de brun.

FRAGONARD (Honoré-Jean)

64 — Le Denier de César.

Composition de dix figures. Dessin à la sanguine, lavé et légèrement teinté.

FRAGONARD (Honoré-Jean)

65 — Un Sacrifice.

Joli dessin lavé et teinté de diverses couleurs.

FRAGONARD (Honoré-Jean)

66 — Jeux d'enfants et Attributs.

Dessin à la plume, lavé.

FRAGONARD (Honoré-Jean)

67 — Enfants et Attributs.

Dessin à la plume, lavé.

Sur le côté droit, trois Têtes d'études.

FRAGONARD (Honoré-Jean)

68 — Frontispice pour un recueil de poésies.

Des enfants accrochent des guirlandes sur une draperie.

Joli dessin à la plume, lavé.

FRAGONARD (Honoré-Jean)

69 — Préparatifs pour un sacrifice.

Composition de cinq figures.

FRAGONARD (Honoré-Jean)

70 — Une Sybille.

FRAGONARD (Honoré-Jean)

71 — Allégorie.

Dessin décoratif.

Ce dessin à la plume, lavé, représente les Sciences et les Arts ; sur le côté droit, des arabesques, etc.

FRAGONARD (Honoré-Jean)

72 — Six dessins ; sujets divers.

FRAGONARD (Honoré-Jean)

73 — Quatre dessins lavés :

Agar dans le désert ;
Une Nativité, etc.

GREUZE (Jean-Baptiste)

74 — Tête de Vieillard.

Grande étude au fusain et à la sanguine.

PRUD'HON (Pierre-Paul)

75 — La Vierge et l'Enfant Jésus. (Pastel.)

Ce pastel a le charme et la grâce d'une œuvre du Corrége.

H. 23 c. L. 34 c.

LÉONARD DE VINCI

76 — Tête de Vieillard.

Dessin à la plume.

FRAGONARD (Honoré-Jean)

77 — Un Plafond. (Aquarelle.)

Plus six dessins lavés : Études de femmes.

Un Combat maritime.

Une Étude d'architecture.

OBJETS D'ART

ET

CURIOSITÉS

ÉMAUX

78 — NARDON PÉNICAUD (Léonard). Émail de couleur avec gouttelettes sur paillons imitant les pierres précieuses.

Porte de Tabernacle cintrée, représentant le Crucifiement, encastrée au centre d'une plaque rectangulaire représentant des anges portant les instruments de la passion.

Classé et porté au Catalogue de l'Histoire du travail de l'Exposition universelle de 1867, sous le n° 2830.

Ce bel émail est, par sa finesse et sa belle exécution, sans contredit, un des plus fins connus du maître.

Dans la partie inférieure est écrite cette légende que porte un ange : *Factus est obediës usque ad mortem.*

Il provient de la collection Girouard d'Orléans.

Haut. générale, 200 mill.
Larg. — 180 —

79 — Jean Pénicaud Ier. Émail grisaille légèrement teinté. Plaque rectangulaire, représentant un Calvaire, composition de douze figures, d'une grande finesse d'exécution et de la plus belle conservation.

Classé et porté au Catalogue de l'Histoire du travail de l'Exposition universelle de 1867, sous le n° 2844.

Il provient de la collection du savant M. Leber, d'Orléans.

Haut. 90 mill.

Larg. 120 mill.

80 — Jean Pénicaud III. Deux plaques ovales dans un même cadre.

Émaux en grisaille légèrement teintés sur fond noir, d'une exécution savante et probablement d'après le Parmigianino.

Classés et portés au Catalogue de l'Histoire du travail de l'Exposition universelle de 1867, sous le n° 2889.

L'une représente l'Adoration des mages, l'autre la Flagellation.

Au revers de chacune, le poinçon des Pénicaud.
Ils proviennent de Montauban.

Haut., grand diamètre, 100 mill.

Larg., petit diamètre, 72 mill.

81 — Colin Nouailher II (attribué à). Plaque en émaux de couleurs et rehauts d'or, les chairs en grisaille.

Cet émail est, à quelques changements près, la copie de la gravure sur bois d'Albert Durer (Vie de la vierge.)

Il provient de la collection Patay, d'Orléans.

Haut. 270 mill.

Larg. 200 mill.

82 — Émail (École Bysantine). Chandelier à trois pieds en cuivre doré et émaillé, XIVe siècle.

Haut. 320 mill.

83 — Émail (École Bysantine). Custode émaillée et dorée, des anges et des rosaces forment sa décoration. (Belle conservation).

84 — Émail vénitien. Petit meuble d'autel du XVIe siècle, figurant une paix.

Le ton général est bleu lapis. Le sujet de la plaque du centre représente une Vierge de pitié entre des anges. Les dessins arabesques, dorés au petit fer, sont d'un style oriental.

Il est placé sur un socle, dans un cadre finement sculpté.

Il provient de la collection Patay, d'Orléans.

Haut. 200 mill.

Larg. 125 mill.

85 — Très-beau Bahut XVIe siècle, provenant de la maison de Diane de Poitiers, qui existe encore rue Neuve à Orléans (actuellement le Musée historique).

Il était placé dans un des bas-côtés de la maison au sud.

Il a appartenu successivement à Mesdames de Sainte-Colombe, à M. Germont Miron, puis à M. Sauveau, d'Orléans.

86 — Christ en ivoire. Belle pièce signée Bouchardon et portant le millésime de 1730„ du plus grand et beau style de l'École française et d'une fine exécution.

L'on y retrouve la réminiscence des beaux Christs de Lesueur.

La draperie pendante a été perdue et a été remplacée par celle qui s'y voit aujourd'hui.

Haut. 46 centim.

87 — Coffret en cuir du xve siècle, à couvercle demi-cylindrique, représentant des chevaliers armés de toutes pièces sur chevaux caparaçonnés avec leurs noms sur des banderoles (Charles-le-Grand, duc d'Ostriche, le roi Artus, le chevalier du Cygne, *Char...* de Blois, Godefroy de Bouillon, Iolande, etc.).

Cette curieuse et précieuse pièce, trouvée à Orléans, porte sur le devant l'écu de France, ce qui fait présumer qu'il a pu appartenir au roi Charles VII.

Le style de la décoration est d'une grande et belle facture eu égard à l'époque.

Porté au Catalogue de l'Histoire du travail de l'Exposition universelle de 1867, sous le n° 2286.

Un des côtés est endommagé.

88 — Tapisserie du xviie siècle, d'une fine et belle exécution. Le sujet représente le Christ apparaissant à la Magdeleine.

89 — Deux petits meubles d'angles, charmants, peints par Antoine Watteau. Sur les panneaux sont figurés des concerts et des menuets ; sur les montants, des arabesques, instruments de musique et emblèmes de comédie.

90 — Carreaux en faïence du Château d'Ecouen. Époque de la Renaissance.

91 — Biscuit de Sèvres. Groupe représentant Bacchus et Venus ; belle conservation. (Époque Louis XVI.)

Renou et Maulde, Imprimeurs de la Compagnie des Commissaires-Priseurs, rue de Rivoli, 144. 14172

www.ingramcontent.com/pod-product-compliance
Ingram Content Group UK Ltd.
Pitfield, Milton Keynes, MK11 3LW, UK
UKHW021031260726
13994UKWH00005B/2074

9 782329 465388